그리워할 사랑 하나

그리워할 사랑 하나

초판 1쇄 인쇄일 2016년 09월 02일
초판 1쇄 발행일 2016년 09월 07일

지은이 김리한
펴낸이 양옥매
디자인 황순하
교 정 조준경

펴낸곳 도서출판 책과나무
출판등록 제2012-000376
주소 서울특별시 마포구 방울내로 79 이노빌딩 302호
대표전화 02.372.1537 **팩스** 02.372.1538
이메일 booknamu2007@naver.com
홈페이지 www.booknamu.com
ISBN 979-11-5776-250-7(03810)

이 도서의 국립중앙도서관 출판시도서목록(CIP)은 서지정보유통지원 시스템 홈페이지(http://seoji.nl.go.kr)와 국가자료공동목록시스템(http://www.nl.go.kr/kolisnet)에서 이용하실 수 있습니다.
(CIP제어번호 : CIP2016021079)

그리워할
사 랑
하 나

김 리 한

책과나무

| 작가의 말 |

어느 비가 내리는 날,
검정색 교복이 젖는 줄도 모르고
무엇엔가 이끌려 길을 헤맸다.
아무렇지도 않게 내리던 비는
마법 같은 주문으로
나에게 시(詩)비(雨)를 걸었다.

그날부터 나도 모르게
'그리움'이라는 화두에 매몰되어
시의 바다에 빠지고야 말았다.

시는 분신처럼 나를 따라다니더니
허락도 없이 어느새 나의 신앙이 되어 있었다.
힘들고 어려울 때도 말없이 내 곁에 있었고
가끔 내가 잊고 있어도 묵묵히 그 자리에서
나를 지켜보고 있었다.
이미 버릴 수도 없는 하나였다, 우리는

이제 함께 걸어 온 그 길에서
지금까지 우리의 이야기를
꺼내 보려 합니다.
그리움이라는 화두로

그리움은 현재 진행형….

| 목 차 |

3부 여름
그리움이 짙어 가고

4부 가을
그리움이 깊어 가는

5부 겨울
그리움을 묻는다

발문(跋文)

1부

당신만이
유일한 사랑이
아니게 하소서

그리움은 이유가 없다

흐려진 별빛 하나
산머리 위로 걸어
눈물 어린 밤하늘

어둠이 내린 겨울 산
시간을 털어 내듯
나무들은 옷을 벗는다

그리움 얼룩져
세월은 점점
나를 잊어 가고

멀리서도 빛나는
별빛 같은 그대

당신이 눈앞에
보이지 않으면

내 마음속에
들어간 겁니다

그냥
당신이 보고 싶습니다

봄비소나타

봄꽃들이 숨죽여
우는 울음소리

인동(忍冬)의 끝자락
터진 눈물
온밤 내내 흐르네

잠시 머물렀던
싱싱한 그리움도
수직으로 이 밤을 채워 보지만

얼마나 세월이 익어야
그리워도 아프지 않을까

다정한 손님처럼
그대 돌아오시는 날

목 놓아 서럽게 울

그런 봄비가

아직도 내리고 있습니다

당신은 부재중

빈 하늘
별빛 등진
어둠 내려와

비탈길
힘겹게 오르던
달빛

포구의 선술집
창문 흔들어
밤바다 부르면

등대만 혼자 깨어
언제 돌아올지도
모르는 고깃배 기다린다

바다야

너 알고 있었니

내 싱싱한 허망을

별이 지는 호반에서

먼 하늘 별들이
호수에 내려와
가만히 잔물결 흔든다

어수선한 봄바람
꽃잎 뿌려
내 그림자 흐려지고

별은 보이지 않아도
저 혼자 빛나고 있었듯

그대 볼 수 없어도
내 마음속에 살아 있다

당신은 빛나는

별이 되세요

나는 고요한

어둠이 되겠습니다

어떤 하루

톡 불거진 미련
빈 둥지에 남기고
떠난 나그네새

창문 틈 비집고
들어온 바람이
소식 전한다

약속했던 봄은
아직 돌아오지
않았는데

하루 내내
불편한 인사하다
지칠 무렵

저 멀리

노을 속에서

동그랗게 미소 짓는

그대 그리움

가시버시

내 가슴
가시 하나 돋아
오래전 뽑아 버렸는데
가시버시 되어
옆구리 찌르네

버려도
함께해도
인연인 것을

왜 산을 넘어 봐야만
알 수 있었을까

내 생각도 내 것
아닐 수 있듯
네 마음도 네 것
아니었는걸

장미 가시에 찔린 것도
운명

내 마음 너무 좁아
다 담을 수 없어
조금만 담았다고
그래서 노을은
더욱 붉게 타올랐다고

그리움은 달이나 줘 버리자

그리움 피어나면
이름 없는 들풀마저
고개 숙인다

그대 닮은 달님
구름에 가려질 땐
내 마음 어둡지만

그래도 밤하늘에
달빛이 가장 밝게
빛나는 것은

사람들이 달을 보며
그리운 마음을
빌었기 때문이다

어차피
묻어 둘 수 없는
그리움이라면

차라리
달이나 줘 버리자

몽당연필

처음부터
짧았던 것은 아니었다

문득 돌아보니
고운 얼굴 사라지고
어느새 무관심에 갇힌 채

아무도 찾지 않는
겨울 호숫가 숲길 위로
날이 선 달빛 내리고

잊혀진다 해도
버려진 것은 아니었다

아직은 사랑한다고
쓸 수 있는데

남은 희망에라도 끼워
다시 써 볼까
내 삶을

눈이 내리면

당신이 보고 싶은 날
하늘이 손 편지를 뿌립니다

길들이 잠든 밤
몰래 문 앞에 수북이
쌓아 두고 갑니다

내 마음 둘 곳 없어
처마 끝 고드름에
매달았더니

밤사이
쌓여 있는 사연들
그 속으로 떨어졌습니다

불빛 하나 없는
골목길에

눈이 내리면
보고 싶은 마음도
함께 내려옵니다

그리움 하나

억새풀이 뱉어 내는
영혼의 기침 소리

아무 말 없이
지나간 젊음처럼
허허로운 들판

여름 떠난 빈자리
다른 무엇도 채울 수 없어
피멍든 저녁놀

담장 너머 스며든 그리움으로
가을을 그립니다

2부

봄 그리움이 피어나면

봄꽃

동토 뚫고 나온 봄꽃
피어나기 전에는
포기한 적이 없었다

먼저 피어난 꽃들을
부러워하지도 않았고

비바람 몰아쳐
제 얼굴 짓밟아도

말라 죽는 날까지
피어나는 것을
멈추지 않았다
단 한 번도

– 2월 14일 안중근 의사를 생각하며

지평선

여기저기
삐져나온 지난날들
다 지워 버리고
선 하나 길게 그린다

누가 언제부터
왜 그렸을까

이유 없이
바람 불어
네 모습 흐려진 날에도

단 한 가지
붉은 마음만 곱게
올려놓는다

나의 정원

봄꽃들의 향연
푸른 축제도
붉게 물든 잎새마저
떠난 뒤

하얀 침묵
세상의 자유
구속하더니

별보다 더 많은
생각들 내려와
잊고 있던 나의 동네

어느 날
창문을 간질이는
아침 햇살 다시 돌아와

가지 끝에

목숨 하나 매단 뒤에야

나의 정원이 있었음을

내가 안다

매하구(梅河口)* 가는 길

맨 처음부터 다니지는 않았지만
길은 생겨나 매하구(梅河口)로 흘렀다

얼어붙었던 만주 벌판이
등 돌려 엎드린 산들의 기도로
이제 화장(化粧)을 해 보고

끝없는 초원의 향기
하늘 맞닿은 곳에서
젖꼭지산이 되어 노을 업는 시간

과부가 살 것 같은
창이 닫힌 외딴집에도
부적(符籍)이 문을 열어 준다

지나가는 바람

힘들고 험한 길
돌아가더라도 도중에는
아무것도 결정하지 않겠다고

오늘 아침 혼례차(婚禮車) 지나간 자리에서
남정네 쉰 목소리만이
꽃상여에 맴돌고 있다

* 매하구(梅河口): 중국 길림성에 있는 도시 이름

당신은 나의 노래

약이 오른 나뭇가지 끝에
아침 햇살 뿌려
당신을 불러 봅니다

바위에 몸을 부딪혀도
큰소리로 울지 못하는
계곡 물소리 안개를 벗고

산들이 자리에서 일어나면
아쉬움은 동그랗게 눈을 뜬다

풀잎에 가려져
보이지 않는 바람의 흔적
길은 그대로인데

이제 건널 수 없는

강이 되어 버린

당신은 나의 노래

나의 시

검은 나비 사랑

나 죽는 날 위해
그리워할 사랑 하나
가슴에 묻었다

어느 봄날
나의 정원에 날아든
검은 나비 같은 사랑

태양을 정면으로 보았다가
눈이 멀었다는 전설이
그날 내 앞에 쓰러져

온몸을 감싸 주던
향기에 취해 오랫동안
말라간 사랑 잎새

꽃향기와 바꾼
검은 나비 청춘처럼
삶의 전부가 한 점이 되던 날

산모퉁이 비탈길 위로
저녁놀만 말없이
저 혼자 눕는다

그대 돌아오신 날

겨우내 등 구부려
숨죽인 산들이
잠이 들 무렵

가로등 불빛
비켜선 자리에

노란 장미 한 송이
함께 피어난
그대 미소

미워할 수 없어
더 아팠던 시간

사랑할 수밖에 없어
더 밉고 고왔던
그대

봄 향기로 돌아와

얼어붙은

내 마음 다시 녹인다

꽃은 피지 않았어도 예쁘다

그 긴 겨울 견뎌 내고
피어난 것만으로
너는 거룩하다

허락도 없이
네 몸을 짓밟은
비바람

이슬방울 하나로
용서해 주고
고개 숙인 채
말이 없던 너

해 저문 들판
혼자 말라 가면서도
누구를 원망하지 않고
마지막 순간까지 침묵

너는 피어 보지

못했다 하더라도

이미 예쁜 꽃이었다

봄꽃이 피던 날

얼음장 밑
숨죽였던
봄날이

먼지처럼
지난겨울을
털어 내는 날

담벼락 간질이는
봄볕 속에
잠시 머물렀던 청춘

봄꽃
채 피기도 전에
가 버렸지만

그래도

또 다른 봄날을

기다려 봅니다

봄날에 1

겨울 끝자락
강변 끝에 잔설이
꼬장 부리는 곳

봄꽃 향기 실은
그 바람을
기다립니다

기다림은
마음속에서
이별을 밀어내는 일

지난겨울
내내 기다리다

고개 넘어가던 달빛은

개울물이 흐르는

오솔길 따라

들꽃이 되었습니다

봄날에 2

봄 햇살이 차창 가득
눈이 부셔서 서럽습니다

기다리지 않았어도
봄 향기 다시 돌아와
가로수 가지 끝에 걸립니다

시나브로 피어나는
어찌할 수 없는 그리움
또 계절이 바뀐다 해도

나는 언제까지나
그대에게 봄이고 싶습니다

자유로에서

이 밤이 외롭다
늘어선 가로등마다 불러 줄 이름이 없어
떠올릴 어떤 얼굴이 두렵다

건너편 허공 속에선
지금은 바라볼 수 없는
두 눈만 달려 나온다

멀어져 간 곳의 별빛은
내 그림자를 밟고
잊혀진다는 것에 흔들리고 있다

침묵이 싫다
그래도 깨뜨릴 용기가 없다
목적지는 달라도 모두 한길을 달린다

구정말

포장마차 아지매
세숫대야 하나 가득
길바닥에 어제를 쏟아 버린다

말 아닌 것들
말 되는 것들
뒤섞여서 만든 구정말

정(情)없는 말들이 거리를 떠돌고
첫사랑 이야기는
가슴속으로 숨는다

사랑한다는 말
해 보지도 못하고
야위어 간 청춘(靑春)

버리지 못한
뜨거운 말 가슴에 안고
오늘도 묵묵히 걷는데

아지매는 참!

미련도 없이 잘 버리네

길가게 할머니

비바람 구부려
등짐에 걸었다

그늘진 볼우물
아직 남아 있는
새색시 부끄러운 미소

감추었던 욕망들이
거리로 쏟아져 나오는
번화가 모퉁이
장마당이 시간 여행을 나왔다

그냥 잊고 살던 것들
필요 없다고 버린 것들

할머니 손은 약손

다시 태어난 꿈들이

그 가로등 아래서

힘없이 서성이고 있다

기다림

그대 채우려

하얗게

마음 비워 두고

별빛 채우려

까맣게

밤하늘 칠한다

하얗게 기다리다

까맣게 타 버린

내 마음에

별빛처럼 곱게

당신을 그려 봅니다

원시

나이가 들어
가까운 곳이
잘 안 보이는 것은

고운 님
얼굴에 묻은
티끌을 보지 말라는

신의 작은 배려

3부

여름 그리움이 짙어 가고

첫사랑

설익은 열정으로 발효된
농익은 가슴 설렘

처음이라는 의미보다
더 진한 천형(天刑) 같은
사랑의 생채기

풀밭을 토닥이던 빗방울이
눈물 되어 흐르던 날
초록빛 여름 사과를 닮은 그녀가
오래된 기억 속으로 걸어갑니다

잊을 수도
간직할 수도 없어
자꾸만 몸부림쳐 보지만
치유 불능 가슴앓이

아!

첫사랑의 문은 열 순 있어도

닫을 순 없나 봅니다

동감(同感)

당신과 나

둘 사이 거리
책장 속의 책갈피

두 마음
펼쳐 놓으면
같은 페이지

별과 별이
떨어져 있어도
함께 빛나듯

시 한 구절에도
똑같이 느끼는

나와 당신

그 사이에
뜨거운 마음이
끼여 있었네

섬

섬 하나 혼자 있다

파도가 치는 날은
둘이 되었다가

달이 뜬 밤에는
다시 하나가 된다

밀물과 썰물
기억과 망각
사랑과 미움

하나
둘
하나
둘

언제부턴가

섬 하나 혼자 있다

하나와 둘 사이에

비 오는 날의 양평

지난 장마에 짝 잃은 해오라기
외다리로 서 있는
가로수도 잘려진 강변에서
물안개 맴돈다

실눈 뜬 찻집들 사이
피어나는 들꽃 바람 흔들고
말없는 파문으로
강물의 사연을 듣고만 있다

수많은 이름 뿌리치다
가 버린 물결 따라 흐르지 못하고
첫사랑 눈물 같은 이야기
온종일 내 정수리로 맞는다

면역되지 않는 이별 연습도

외다리로 서는

비 오는 날이면

나는 양평으로 가고 싶다

폭염

달궈진 들판
잠자리는 날아오르고

도랑물 뜨거워져
개구리 뛰쳐나온다

얼마나 뜨거우면
구름도 녹아
소나기 뿌려 대고

한가운데
가장 센 불에
맞춰져 있는 태양

당신을 내 가슴
한복판에 두고
가장 센 불 지피니

뜨거운 마음만

자꾸 터져 나온다

플라워 카페

커피 향기
예쁜 꽃 피워
유리창을 비추면

클래식 음악이
선풍기 흔들며
졸음을 곱게 편다

몹시 화가 난 구름이
자꾸 모여들더니
소낙비를 뿌려 대고

말끔하게 씻겨져
아지랑이 짙어 오는 포도(鋪道)

사무치게 그리운 것은
언제나 돌아오지 않았지만

주인도 없는 카페에서

무작정 기다리다

잠시 고개 돌린

비 내리는 여름날의 오후

여름 이야기

소나기 한바탕 지나간 뒤
햇살은 무지개를 구워
미루나무 가지에 걸고 있다

매미 소리 들길 따라 흘러
개울가 코스모스
꽃망울 맺히면

가을을 잉태한 하늘이
뭉게구름 띄워
불러오는 배를 감춘다

한낮의 열기 잠시 머물다
저녁놀 속으로 숨어
밤하늘 별빛으로 다시 돌아오는데

길 떠난 그대

언제쯤 돌아올 수 있을까

또 그렇게 젖었습니다

밤비가 내리는 날이면
당신을 그려 봅니다

떨어지는 눈물
흐려진 창

달콤했던 속삭임도
이런 밤에는 설움으로 밀려와
코끝이 아려 옵니다

그만두자고
아무리 말해도
멈추지 않는 빗물에
대지는 젖어 가고

나의 사랑도
또 그렇게 젖었습니다

이국의 밤

달님도 외로워
창을 두드리며 찾아오는
이국의 밤

종일 낯선 언어를 씹다
지친 입은 커피 한 잔으로
달래 보지만

어머니 계신 고향땅
사무치는 그리움은
어찌해야 할까

기다릴 사람이
없다는 것이 더 아파서

서둘러 숙소로 돌아오면
켜 놓았던 전등만
홀로 반겨 준다

가슴이 뜨거우면 길을 걸어 보자

가로수들이 머리 숙여
귀 기울이는 그 길을 걸어 보자

산 그림자 내려와 시냇물에 발 담그고
산들바람 불어 물잠자리 날리는
철길도 구부러진 아지랑이 길

오래전 사람이
살지 않았을 때부터
꽃들도 제 목숨의 빛깔로
가을을 준비해 왔다

사랑한다는 말 한마디
해 보지도 못했는데
가 버린 사람

그리움 한 움큼 뿌려
피어난 뭉게구름에게
안부라도 물어보자

그래도 가슴이 뜨거우면
또다시 길을 걸어 보자
그 길 끝에 빛나는 무지개가
있을지도 모르니까

아버지 당신을 그리워할 줄 몰랐습니다

나 혼자만 그런 줄 알았습니다

어린 시절 양과자점
달콤했던 기억은
당신이 계신 곳으로
인도하는 이정표

먼 길 떠났다 돌아오신 날
잠결에 들리던 목소리보다
선물이 더 반가웠습니다

누나랑 둘이
가로등 밑에 앉아
무작정 기다렸던 날들

철들고 나서는
마음 한번 열어 보지도 못하고

마지막까지 그 손을 끝내 잡지 못했습니다

내 나이 당신의 그때가 되어

언덕을 넘어가고 있는 지금

아버지라 부를 수 없는

이 시간이 이렇게 아플 줄

몰랐습니다

더구나

당신을 닮아 갈 줄은

꿈에도 몰랐습니다

소달구지

현관문 열고
출근하시는
아버지 뒷모습

달구지에 몰래 매달렸던
비포장도로 먼지처럼
뒤섞인 추억들

삐거덕거리며
굴러가는 폐타이어
신음 소리

삶의 질곡을
벗어날 수 없는
임계점

나는 오늘도
누군가의 등에
신세 하나 얹어
미안함을 타고 간다

순환도로

달려간 거리만큼 붉어지는 하늘 사이로
나아가야 하는 길

어디로든 진입해야 한다
선택은 하나를 갖는 것이 아니라
나머지를 버리는 일

이정표보다 더 많은 미련 지나쳐도
불쑥 나타나는 공사 중 표지판
서둘러 지나오는 순간의 끝은
무인 감시 카메라 앞에서 속도를 줄인다

출구를 찾아야 하지만
버리지 못해 망설이며 달려가는 길
매연을 남기고 도착한 곳은

다시 또 그 자리

눈물은

하늘도 아플 때는
비를 흘린다

내리는 비
흙먼지 씻어 내고
흐르는 눈물로
영혼이 맑아져

비 갠 뒤 상쾌한 기분
울어 보지 않은 사람
알 수 없는 그 마음

어두워진 거리
뒤돌아 부는 바람이
전해 주는

세상 모든 이에게
하늘이 내린 처방전

큰집농원

숲길 열어
바람 모여드는 곳

쪽빛 하늘 아래
잠자리 날갯짓하며
가을을 부른다

하얀 인견 펼쳐
감꽃의 추억 물들이고
비뚤어진 질그릇에
정 하나 가득

하늬바람 풍경 흔들면
오래된 라디오 소리 타고
전원 교향곡이 흐른다

가장 시원한 자리 권하며
많은 이야기 담아
손수 내주신 차 한 잔

무엇보다 드넓은
두 분의 마음이 보여서
절로 미소 짓게 되는
큰집농원

애증

동전의 앞과 뒤

사랑해도 아프고
미워도 아프다

네가 내 안에 들어왔기 때문에

4부

가을
그 리 움 이
깊 어 　 가 는

가을 여정(旅情)

빛으로만 스며드는
사랑 있다 하기에
그리움은 되돌이표 되어 길을 나선다

너를 그리다 지쳐 버린
단풍잎은 아직 떨어지지 않았는데
아 – 허기진 젊음

속 깊은 거짓말이 꾸며낸
황홀한 미소 바라보며
내 눈망울도 그렇게 물들어 간다

가로수만이 멀어져 가는 들녘
사람보다 먼저 산이 달려 나오고
멍석에 고추 말리는 고향 마을 다다르면

지게 진 늙은이의 뒷모습 너머

돌아눕는 노을빛

고갯길에 풀어 놓는다

평사리에서

나그네 시심은
평사리에서 발기되어
땡감 하나 불쑥 영글었다

동정호 따라 굽이진 길가
시집온 살살이꽃들이 늘어서면

섬진강변 대나무 숲
바람은 낯선 얼굴임에도
스쳐 지나간다

아무도 없는 최 참판 댁
아무 일도 없는 듯이
아무개가 왔다

악양면 평사리

두보가 물려준 이름
천년의 세월을 넘어
시성(詩聖)의 향기 들판 가득하더니

노을빛으로 무명저고리
다 물들여 버린
한 소녀가 토지를 낳았다

사진

흘러가는 시공간을 잘라
벽에 걸었다

흑백사진 속
할머니 손 꼭 잡은
까까머리 꼬마아이
눈빛만 초롱초롱

빛이 바래질수록
깊어지는 그리움

그리운 것은 새벽별처럼
언제나 그 자리에 박혀 있네

돈을 버는 일

배가 고파도

배가 불러도

계속되는

인간의 먹이 활동

커피통*

계절이 오는 길목
0과 1 사이 그 어디쯤
낯설지 않은 찻집 하나

계단을 오르려
고개 들면
등 떠밀어 주는 강바람

기다리는 사람 없어도
누군가 기다릴 것만 같아
슬며시 문을 열어 본다

어제 같은 오늘이
창에 기대어
빛의 산란을 지켜보고

커피향 닮은 흰머리 소년이

여전히 시간을 볶아

추억을 만든다

* 커피통: 춘천시 우두동 소재의 카페

작은 음악회

별 지는 강변길
나트륨등불
호수를 떠다니고

밤비 소리
부드러운 선율 따라
블라인드에 걸린다

익숙한 노래
함께 박수를 나누니
낯선 이도 정겨워

작은 마음들
하나둘 켜져
저마다 등불이 된다

깊어 가는 것은
가을만이 아니라

우리들 생각도
익어서 사랑이 되고
깊어만 가는 아름다운 동행

당신은

사랑한다 말하면
입바람에 촛불마저 꺼질까
내뱉지도 못하고

가슴에 담아 두려 해도
아파서 울고 싶지만
목 놓아 울지도 못하는

작은 새 당신은

잊을 수 있다면

잊을 수 있다면 그것은
아마 사랑이 아닐 겁니다
보고 싶은데 볼 수 없다면
나만 보고 싶은 것은 아닐 겁니다

숨어서 혼자 울더라도
나만 우는 것은 아닐 겁니다

그대 떠난 빈자리가 커 보이더라도
다른 것은 채우지 않겠습니다

노을이 지기 전에
당신이 돌아올 것을
믿기 때문에

운두령(雲頭嶺)을 넘으며

거만한 사람도 허리 숙여야만
넘을 수 있는 고갯길

한 굽이 돌 때마다 마주치는 들꽃
이름은 몰라도
꼬부랑 할머니 이야기
산마루에 걸린다

반공(反共)의 세월에 갇혀
입 찢긴 소년의 비명 삼킨
골짜기로 바람 그늘 몰고 가면

산길 가고 있는 것은
길손이 아닌
시간의 그물에 잡힌 저녁 숲이었다

눈 내리면
아무것도 보이지 않는데
가을비는 자꾸만
단풍잎을 흔드는지

구름 떠나는 운두령에서
나도 불혹(不惑)을 넘는다

난민 아기 비망록

코란이 뭔지
술탄이 누구인지
모릅니다

그저
엄마 품에 피어나는
작은 꽃송이

바다가 목말라
지중해를 찾은 것도
아닌데

총포탄을 피하려
밤바다에 뛰어든
엄마가 업었을 뿐

파도에 부딪히며
바닷물 마시고 있을 때도
크루즈선의 불빛은 빛났고

가을 한입 베어 문 그믐날에
작은 꽃 하나가
성성한 별이 되었습니다

그리움

그대 얼굴
흐려진 밤하늘에
별들이 하나둘

수많은 날을
기다려야만
나타나는 별빛처럼

내 마음속을 떠다니는
미확인 비행물체
그리움

꿈

푸르고
싱싱했던 꿈이

현실의 벽에 부딪혀
깨지고 찢겨져
상처 입은 채로

마음 한구석에
박제되어 걸려 있다

열차카페

추억의 블랙홀
차창으로 스며든 가을빛은
퇴색한 기억들을 산란한다

어젯밤 꿈에 보았던 당신
달려가는 열차보다 먼저
터널 속으로 사라져 간다

카드단말기로 삶의 다항방정식
제곱근을 구하는 판매원 아줌마
얼굴은 속없이 달아올라

진한 커피향 타고
노래방 기계 소음에
금세 묻혀진다
공간을 잘라 내며
혼돈을 가로지르는 열차

여전히 흔들린다

그래도 나는 진열대 앞에서

추억이 남긴 잔해(殘骸)들을 사열해 본다

사랑한다는 것은

비가 오면
슬픈데 그냥 좋습니다
당신을 사랑하면
슬퍼도 그냥 좋습니다

길을 걸으면
힘들지만 그냥 즐겁습니다
당신과 함께하면
힘들어도 그냥 즐겁습니다

사는 것이 힘들다 불평해도
저녁놀을 다시 볼 수 있어
행복합니다
당신을 미워해도
외로울 때 당신을 떠올릴 수 있어
행복합니다

산다는 것은 까닭이 아니라
그냥 좋은 것입니다
사랑하는 것도
그냥 좋을 뿐입니다

어머니

나를 낳은 것이 죄가 되었다
아무런 이유도 없이
단지 어머니라는 허울로

동의 없이 뼈와 살을
나누어 준 죄
평생 봉사명령

무얼 그리 잘못하셔서
나의 어머니가 되셨나요

못난 자식 뒷바라지
한숨 한번 내쉬지 못하고
놓쳐 버린 젊은 날들

오래 견디신 세월만큼
얼굴에 내려앉은
주름살

반백년이 지나서야
알게 된 만성불치병
불효

다시 불러도 아픈 이름
어머니
사랑합니다

5부

겨울 그리움을 묻는다

겨울 아침에

시든 빛
얼기설기 비추는 유리창에
낡은 청춘 하나 걸어 본다

기지개조차 펴지 못하는
나무들 사이로 들려오는
바람 소리 한 모금
천천히 마시면

습관처럼 되새김질 했던
못다 한 말
가슴 깊숙한 곳에서
꿈틀거리고

금방이라도 잡을 것
같았던 지난날 꿈들
다 흩어진 이 아침

주머니에 손을 넣듯
지친 내 마음속에
또다시 나를 밀어 넣는다

소래포구

뱃고동 울지 않는
갯벌에 쓰러진 폐선을 채근하며
갈매기는 날아오른다

장작불 지펴 놓은 어시장 길목
졸고 있는 아낙의 눈꺼풀에
끊어진 철길 위에서

서울 간 아들 기다리는
늙은 어부의 주름진 이마에
깃털 실은 바람이 어수선하다

돌아가야 할 곳이 있어서
떠나간 것은 아닌데

정박 중인 고깃배들

조각달을 펄럭이며, 먼 바다가

아랫목 그리워 찾아와도

겨울포구는 홀로 잠이 든다

동구(洞口)

새벽안개 오르면
잠이 덜 깬 도랑물 소리
느티나무 마른 잎 적시고
오두막의 고요가 눈을 뜬다

머리카락 잘라서
엿 바꿔 주시던 할머니
읍내 장 가실 때
등에 업혀 따라가던 공명(共鳴)

우-리-강-아-지

당신이 하늘나라로 가신 뒤
바람은 그리움으로 머물다
부러진 가지에 걸린다

함께 떠났어도
혼자 돌아와야 하는 길

오후 내내 빈 들판
계절 그림자만이 길게 누워
지평선을 채우고

겨울 노을 등진 동구(洞口)
낙엽 태우는 연기로
저녁밥을 짓는다

서리꽃

꽃잎마저 숨어 버린 겨울 아침
밤사이 남몰래 내려온 눈들이
햇살과 만나 서리꽃을 피운다

보여 줄 것 없는 빈 가지
피지 못한 꽃망울이
흘린 눈물

돌아갈 수 없는
지난날 그리려다
날카로운 서정만
온 들판에 뿌렸구나

그저 그렇게 살다간
영혼들이 보내 준
향기 없는 꽃

이 세상 마지막 선물

투명한 고독

겨울밤

낡은 유리창
달라붙은
시간의 흔적들

밤길 밝히던
노란 전구가 깨진 것은
이미 오래전

달빛 곱게 썰어
뒤뜰에 뿌리고
소리 없는 별빛을
밤 그늘에 쌓아도

수많은 이야기들
몸을 숨긴 채
빈 가지 흔들고

겨울밤은

아무 말 없이

보고만 있다

눈 내리는 호숫길을 걸으며

꽃들이 떠나 버린 호숫가
나무들이 조용히
하얀 옷으로 갈아입는다

산들바람에도
흔들리던 잔물결
아무 말 못하고 얼어

노래하던 새들도
저녁놀이 남긴 가로등 하나
켜 놓고 가 버렸다

볼록다리 건넌 달빛은
언제쯤 돌아오려나

봄바람만 기다리는

호수가 솜이불 덮고

혼자서 울고 있다

황태 덕장

시간마저
말려 버리는
산골 마을

먼 바다 건져
줄줄이 꿰어
눈밭에 심었네

빈 골짜기
빽빽하게 펼쳐진
황태 숲

주검조차
풍요롭게 보이는구나

언 바람 매달아

풍장 치르는 거친 손에

노을만 묻어난다

남호공원(南湖公園)에 눈이 내리면

눈송이마다 보고 싶은 얼굴

저 멀리

편지를 띄우면

털모자 쓴 사람들

그 자리에 나무가 되고

겨울 숲은 말이 없어

얼어붙은 호수

무명 솜이불 덮고

은밀한 욕정을 꿈꾼다

흐려진 유리창 너머 백열등

물이 끓고 있는 때 묻은 주전자

술에 취해도 좋을 이 저녁

얼룩진 창 흔들던 바람만

잠을 잔다

몰랐으면 좋겠습니다

어쩌다 게을러진
나의 속마음
누가 보지 않았으면

가끔 다른 사람을 탓하는
허튼 생각도
아무도 몰랐으면

가슴 깊숙이
숨겨 놓은 그리움에
떨어지는 눈물도 몰랐으면

잃어버린 젊은 날
내 꿈도 몰랐으면

그래서 나도
내가 누군지
몰랐으면 좋겠습니다

빙심(氷心)

푸르고 젊은 날들을
무채색으로 만드는데
그리 오래 걸리진 않았다

잠깐 한눈판 사이
청춘은 흘러
백발이 겨울을 닮아

나뭇가지 그림자
흔들던 갈바람도
떠난 지 오랜

아무도 찾아오지 않는
얼어붙은 호수

누가 알까

봄이 돌아오기까지

결코 흔들리지 않겠다는

단단한 그 속내를

내 사랑은

당신 앞에서
사랑을 말할 수가 없어요
입으로 쏟아 내면 예의가 아닐 것 같아

눈이 내리던 날
들뜬 마음속에서
꼭 붙잡은 그 깊은 떨림

당신이 보여 준 부드러운 미소는
세상 끝에서 만날 수 있는
황홀한 믿음

그런 당신을 사랑한다고만
말하는 것은 죄가 될 것 같아
안으로 숨죽여 기도합니다

이 세상 모든 사랑들이 다 모여
당신의 등 뒤에 걸리는
노을이 되게 하소서

이미 당신 속에 갇혀 버렸지만
그것은 구속이 아니라
자유로운 일체감이라 말하고 싶습니다

이제 우리가 둘이 될 수 없음을
누구보다 잘 알고 있습니다
내 사랑은

마지막 남은 달력 한 장

세월의 두께 점점
얇아지더니
달랑 한 장만

돌아볼수록
아쉬워지는
미련투성이

잊으려 했을 땐
이미 노을은
산마루에 걸려 있다

고개 넘으며
자꾸 돌아보게 되는 것은
이 고개 넘으면
다시는 볼 수 없을 것 같아서

떠나기 싫은 밤하늘을

아침 햇살이 미안한 얼굴로

슬며시 밀어낸다

가리산

바람 따라
드러누운 능선 끝에
천년의 맹세 굳은 덩어리

구름 한 조각
걸려 있는 계곡
얼어붙는 나그네 발걸음

한 굽이돌아
정 하나 따뜻하게
피워 놓은 벽돌집

나목들이 어둠 속에서
가면무도회 열어
시간도 멈춰 버린 곳

잠시 내 청춘을

내려놓고

한숨 한번 쉬고 싶다

특실 102호

영정사진 속에 갇혀 버린
누군가의 인생을
한 잔 술로 바꿔 마신다

뒤가 켕기는 어떤 이도
위로를 안주 삼아
슬픔을 나눠 먹는다

늘어선 조화들이
무척 소란스럽다

구석진 곳 빈자리
음식물 찌꺼기들 사이
미련은 엎질러져
흔들리는 향불만 태운다

그냥 가실 것을

정(情)은

왜 남겨 두신 거예요

자하문(紫霞門)

낯선 땅
홀로 떠 있는
작은 섬 하나

알 수 없는 향과
기름진 음식을
피하고 싶은 날

할머니가 불 지피던
아궁이를 닮은
뚝배기 된장찌개

아랫목에 묻어 두었다
금방 차려 주신 것 같은
돌솥밥

오늘도 정이 고픈
내 영혼

귀에 익은 말 한 그릇
먹고 싶어
자하문으로 들어간다

재능은 시간과 비례하지 않는다

다만 열정과 비례할 뿐이다

– 김리한

김리한과 김리한 시인의 시 세계

– 경현수(시인)

김리한 시인이 그의 첫 번째 시집 원고『그리워할 사랑 하나』를 보내왔다. 그는 시인이면서 중국 정치를 전공한 법학 박사다.

"선생님, 제 시집 발문을 좀 써 주세요." 하는 전화를 받고 어물쩍 수락하여 버렸지만, '김리한 시인과 그의 시 세계를 간단히, 아니 제대로 쓸 수 있을까?'라는 걱정이 앞섰다. 그러나 그의 품성에 성실히 접근해 보면 되지 않을까 하는 주먹구구식이 통했다고나 할까.

나는 비로소 원고를 펼쳐 보았다. 청요(青姚) 김리한, 그는 동양철학과 사학, 문학에도 정통한 석학이다. 그러나 그의 시는 결코 현학적 · 철학적 개념과는 거리가 있음이 분명한 터에 그저 편안히 접근해 본다.

사실 김리한을 부를 때, 그 호칭이 그리 간단하지 않다.

김 시인, 김 박사, 김 대표. 그 어느 것도 평범한 이름은 아니다. 그만큼 그의 시간은 도전과 열정의 기간이었음에는 틀림없다. 그러나 나는 '김 시인'이라고 부르는 게 제일 좋고 편하다.

김리한은 1962년 경북 고령에서 태어나 초등학교에 들어갈 무렵 부모님이 대구로 솔가를 하셔서, 대구에서 고등학교를 마치고 서울에서 학부를 마쳤다. 후일 중국 길림대에서 법학 박사 학위를 받은 그는 성촌 정공채 시인 문하에서 본격적인 시문학을 공부하였다. 2000년 윤재근 교수님과 정공채 시인으로부터 초회 추천을 받고, 2001년 3회 추천으로 등단했다. 김리한과 동문수학한 문인 중 시인으로는 마경덕, 유회숙, 조향수, 정희, 문숙, 소설가로는 정운영을 들 수 있는데 그들은 이미 문단 한 중심에서 역량을 발휘하고 있는 분들이다.

그는 공부하느라 잠시 미뤄 두었던 문학적 공백을 딛고 『그리워할 사랑 하나』를 상재하게 되었다. 스승이신 정공채 선생님이 살아 계셨더라면 "김 군, 잘했어. 진즉 그랬어야지. 그대, 술이나 한잔하세." 하시며 어느 골목의 목로주점 같은 데로 손목을 잡고 가셨을 것이다.

시집을 상재하면서도 김리한 시인에게는 스승님에 대한 그리움과 아쉬움이 정한으로 남아 있는 것 같다. 한국과

중국을 오가느라 시에서 멀어질 법도 한데, 그의 시편 앞에서 다시 한 번 감명을 받았다. 잘 절제되고 심화된 그의 시를 만나게 되어서 퍽 반가웠다.

그는 바쁜 중에도 한국에 머물게 되면 그의 문학의 뿌리를 찾아 정공채 시인의 묘소와 스승의 스승이신 박두진 시인의 묘소, 또 그의 스승이신 정지용 시인의 문학관을 다녀오곤 한다. 이러한 그의 순례의 길은 예사롭지 않아 근원적 예술에 대한 경외심과 시 사랑의 열정으로 이어지고 있다.

일전에 나는 우리 문단의 원로 시인과 신진 시인 두 분과의 좌담회 기사를 보았다. '난해한 요설도 시인가'라는 주제에, 글쓰기 방식이 다를 뿐이라고 반격하며 설전을 벌이는 엇박자의 주장이 적이 놀라웠다. 글쓰기 방식(?)이라니…. 예술 작품은 기술적 방식으로 만들어지는 것이다(?). 씁쓸한 우리 시의 현주소의 혼란을 엿볼 수 있었다. 너무나 非詩的 기막힌 이상 현상이 마치 새로운 知感이 뛰어난 현대시의 典範이나 시대감각에 앞선 流線詩風 따위로 착시한 지가 어언 20년을 웃돌고 있을 듯싶다.

그러나 이러한 혼돈과 모호한 시대의 흐름 앞에 김리한은 시의 정통성을 벗어나지 않으면서도 새롭게 변용된 유니크한 시 세계를 보여 주고 있다.

빙심(氷心)

푸르고 젊은 날들을 / 무채색으로 만드는데 / 그리 오래 걸리진 않았다 // 잠깐 한눈판 사이 / 청춘은 흘러 / 백발이 겨울을 닮아 // 나뭇가지 그림자 / 흔들던 갈바람도 / 떠난지 오랜 // 아무도 찾아오지 않는 / 얼어붙은 호수 // 누가 알까 / 봄이 돌아오기까지 / 결코 흔들리지 않겠다는 / 단단한 그 속내를

시인은 위 시의 어사에 암시되듯 과거와 현재 미래의 세계로 향하는 시인의 존재론적 지향을 표출하고 있다. 이러한 생의 간극은 더 애틋하고 안타깝게 그려지고 있음에도, 그 단단한 속내는 깊은 사유로 언어 낭비 없이 탄탄한 시력을 보여 주고 있다.

남호공원(南湖公園)에 눈이 내리면

눈송이마다 보고 싶은 얼굴 / 저 멀리 / 편지를 띄우면 / 털모자 쓴 사람들 / 그 자리에 나무가 되고 // 겨울 숲은 말이 없어 / 얼어붙은 호수 / 무명 솜이불 덮고 / 은밀한

욕정을 꿈꾼다 // 흐려진 유리창 너머 백열등 / 물이 끓고 있는 때 묻은 주전자 // 술에 취해도 좋을 이 저녁 / 얼룩진 창 흔들던 바람만 / 잠을 잔다

매하구(梅河口)로 가는 길

맨 처음부터 다니지는 않았지만 / 길은 생겨나 매하구(梅河口)로 흘렀다 // 얼어붙었던 만주벌판이 / 등 돌려 엎드린 산들의 기도로 / 이제 화장(符籍)을 해 보고 // 끝없는 초원의 향기 / 하늘 맞닿은 곳에서 / 젖꼭지산이 되어 노을 업는 시간 // 과부가 살 것 같은 / 창이 닫힌 외딴집에도 / 부적(符籍)이 문을 열어 준다 // 지나가는 바람 // 힘들고 험한 길 / 돌아가더라도 도중에는 / 아무것도 결정하지 않겠다고 // 오늘 아침 혼례차(婚禮車) 지나간 자리에서 / 남정네 쉰 목소리만이 / 꽃상여에 맴돌고 있다

위 두 작품에서 그의 언어들은 전편의 작품들이 서정 요소(Lilic Elementary)가 깔린 시의 정통성에 바탕을 두고 새로운 뉘앙스로 진입하고 있다. 이국의 풍경이 낯설게 오버랩되어 시의 본류인 비감을 이끌어 내고 있다. 이 내적 유배

지에서 추운 겨울을 견디며 더욱 희망적 이상향으로 향하고 있다.

그래서 시인은 "은밀한 욕정을 꿈꾼다"라고 고백하고 있다. 그의 이상향의 지향점을 놓지 않은 채 시적 자아는 강렬한 힘을 분출하며 유니크한 시 세계를 보여 주고 있다.

동구(洞口)

새벽안개 오르면 / 잠이 덜 깬 도랑물 소리 / 느티나무 마른 잎 적시고 / 오두막의 고요가 눈을 뜬다 // 머리카락 잘라서 /엿 바꿔 주시던 할머니 / 읍내 장 가실 때 / 등에 업혀 따라가던 공명(共鳴) // 우-리-강-아-지 // 당신이 하늘 나라로 가신 뒤 / 바람은 그리움으로 머물다 / 부러진 가지에 걸린다 / (하략)

어떤 언어 표현도 이 시를 능가할 만큼 빼어날 수 있을까? 잠시 이 작품 앞에서 멈추어 서야만 했다. 상징적 알레고리나 현학적 수사와는 전혀 무관한 채 감동을 불러일으키고 있다. 기억 속의 전설이 시로 덧입어 승화된, 시공을 넘어 삶의 궤적이 명징하게 얼비추고 있는가 하면 잊을 수 없는 한 편의 흑백영화인 듯….

요설과 언어유희를 배제한 그의 시에서 시의 본류로 선명하게 나아감을 볼 수 있을 뿐 아니라 시력의 뛰어남도 알게 된다.

난민 아기 비망록

코란이 뭔지 / 술탄이 누구인지 / 모릅니다 // 그저 / 엄마 품에 피어나는 / 작은 꽃송이 // 바다가 목말라 / 지중해를 찾은 것도 / 아닌데 // 총포탄을 피하려 / 밤바다에 뛰어든 / 엄마가 업었을 뿐 // 파도에 부딪히며 / 바닷물 마시고 있을 때도 / 크루즈선의 불빛은 빛났고 // 가을 한입 베어 문 그믐날에 / 작은 꽃 하나가 / 성성한 별이 되었습니다

위의 시에서는 일상의 사소한 일에 매몰된 게슈탈트(Gestalt)에서 벗어난, 궁극적으로 인간이 지양해야 할 존재의 비극적 세계 상실을 경계하고 있다. 감정을 함부로 낭비하지 않은 조근조근한 목소리는 더욱 큰 화두를 던지고 있어, 절제된 부르짖음이 감명으로 이어진다.

순환도로

달려간 거리만큼 / 붉어지는 하늘 사이로 / 나아가야 하는 길 // 어디로든 진입해야 한다 / 선택은 하나를 갖는 것이 아니라 / 나머지를 버리는 일 // 이정표보다 더 많은 미련 지나쳐도 / 불쑥 나타나는 공사 중 표지판 / 서둘러 지나오는 순간의 끝은 / 무인 감시 카메라 앞에서 속도를 줄인다 // 출구를 찾아야 하지만 / 버리지 못해 망설이며 달려가는 길 / 매연을 남기고 도착한 곳은 // 다시 또 그 자리

위 시에서는 누구에게나 부여되는 두 개의 명제 앞에 꼭 선택되어야 하는 길, 그러나 그 진입은 의지와는 또 다른 길. 존재의 한계일 수밖에 없음을, 에리히 프롬의 'To Have or To be'라고 던지는 물음 앞에 시인도 다시 한 번 묻고 있다.

아마 시인은 그의 존재 양식의 새로운 패러다임으로 나아가게 되리라고 믿는다. 김리한 시인은 많은 사람들에게 감명을 주는 빛나는 시인으로 우뚝 서게 되리라 믿는다.

이천십육 년, 팔월 立秋에

경현수 시인